엄청난 폭발이 일어났다.
우주에서는 자주
일어나는 일이다.
폭발한 별은 수많은 운석
조각으로 나뉘어 사라졌다.

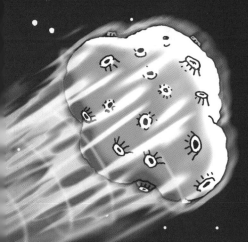

그리고 바로 어제!
그 운석이 지구를 향해
날아온다는
사실을 알게 됐다.
어느새 운석은
지구 코앞까지!

그중 눈에 띄게
커다란 운석 하나가
놀라운 속도로 우주 궤도를
벗어났다.

㉕ 방귀 달인 찾기

장난천재 쾌걸 조로리

하라 유타카 글·그림

긴급 방송

고부치 대통령

국민 여러분, 침착하게 들어 주십시오. 머나먼 우주에서
별 하나가 느닷없이 어마어마하게 폭발했습니다. 현재
산산조각이 난 운석들이 우주를 떠다니고 있습니다만……

바로 그 운석들 중 하나가 지구를 향해 날아오고 있습니다!

운석의 속도가 점점 빨라져 내일 점심 무렵에는 지구와 충돌할 것으로 보입니다. 충돌을 막을 방법도, 시간도 전혀 없는 상황입니다.

이 정도 크기의 운석과 부딪히면 지구는 무사하지 못합니다.

☆ 지구가 수박만 하다면 운석은 사과 크기 정도 입니다.

국민 여러분, 방법이 없습니다. 지구 최후의 날을 어떻게 보낼지 생각하십시오.

방송에서 운석이 지구에 충돌하는 장면이
나왔습니다. 엄청난 충돌음과 함께
지구가 완전히 파괴되는데!

조로리는 동네 가전제품
가게 앞에서 텔레비전을 보며
넋 나간 모습으로 서 있었습니다.
"지, 지구가 멸망하다니……
그럼 이 몸의 꿈인 조로리
성을 세우는 것도,
결혼하는 것도

다 사라지고 만다는 건가.

어딘가에 살아 있을지도 모를 아버지도

영영 만날 수 없고, 녀석들과 여행도

이제 끝이란 얘기······."

조로리가 어깨를 축 늘어뜨린 채

이시시와 노시시가 있는 쪽을 돌아보니

이시시와 노시시는 근처에 있는

고구마 밭에서 고구마를 캐서

허겁지겁 먹고 있지 뭐예요?

"너희 뭐 하는 거야?"

조로리가 묻자

 "운석과 부딪히기 전에 배 터지게

먹으려구유."

 "죽으면 아무것도 못 먹으니께유!"

"쯧쯧, 끝까지 어이없는 녀석들이군.

야! 편의점에 한번 가 봐라.

사람들이 가게고 뭐고 죄다 팽개치고

집에 가 버려서 아무도 없다고! 주인이

없으니 거기 가면 뭐든 다 먹을 수 있잖아!"

"헐, 그러네유? 괜히 고구마만

잔뜩 먹었구먼유."

이시시와 노시시가 막 편의점으로

가려던 참이었습니다.

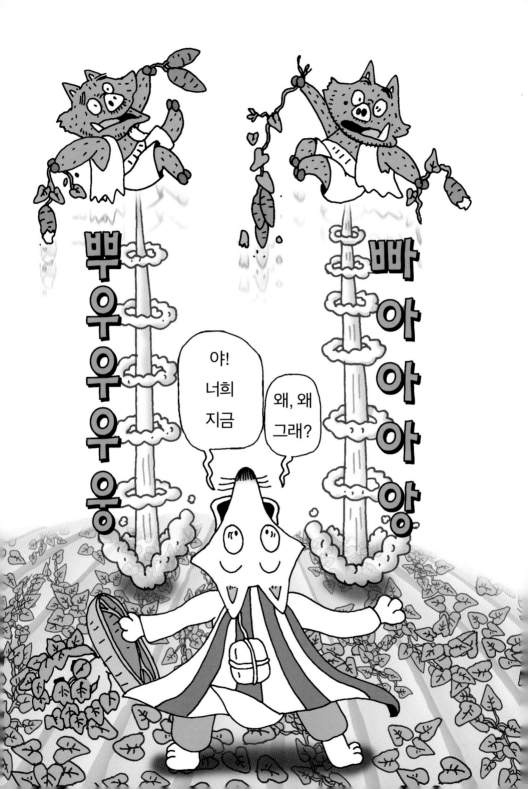

갑자기 이시시와 노시시가

공중으로 붕 떠올랐습니다.

"왜 이런댜?

바, 방귀가 멈추질 않는구먼."

"사, 살려 줘유. 누가 좀 내려 줘유."

조로리는 그저 멍하니 비명을

질러대는 이시시와 노시시를

쳐다보았습니다.

바로 그때!

"우하하하하하."

고구마 밭 한구석에서

웃음소리가 들려왔습니다.

그리고……

뿡— 뿡— 뿡— 뿡—

이시시와 노시시처럼

방귀로 몸을 둥둥 띄우며 어떤

박사가 조로리에게 다가왔습니다.

"어떤가? 그 고구마는 내가 만들었다네.
방귀가 평소보다 여덟 배나 강하게
나오는 고구마지."
"우아, 엄청난 위력인데!"
조로리가 고구마를 주워 들며 말하자
박사는 기분이 좋아진 모양입니다.
"오호라! 내 고구마에 관심 있는
표정이로군. 어떤가? 내 연구소에
잠깐 들러 주겠나?"

부우웅 박사는 연구소에서 여러 종류의
채소를 키우고 있었습니다.
"나는 여기서 오랫동안 채소 연구를 해 왔다네.
그런데 제대로 인정 한 번 못 받고
지구 최후의 날을 맞게 될 줄이야……
결국 시간만 낭비한 셈이지. 크크크."

토마토토마토

오이오이

으, 거름 냄새!

우엉우엉

배추배추

박사는 서글프게
웃었습니다. 그런데
고구마를 손에 든
조로리의 눈이 반짝였습니다.
"오호, 이걸로 지구를
구할 수 있을 것 같은데?"
"뭐, 뭐라고? 그게 진짠가?"

15

방귀의 대단한 역사

우리는 지금껏 방귀 덕분에 많은 위기를 극복해 왔다.

☆ 방귀의 힘으로 우주에서 지구로 귀환.

어떠냐? 방귀 사나이의 역사는 뭐가 달라도 다르지?

☆ 절벽을 방귀로 점프!

그 말을 들은 부우웅 박사가 크게 웃었습니다.

"우하하하하. 혹시 운석을 방귀로

날려 버리겠단 말인가? 자네들이 아무리

내 고구마를 먹고 보통 고구마의

여덟 배나 되는 강력 방귀를 뀐다 해도

기껏해야 큰 돌덩이 하나 날릴 정도라네."

"그럴지도 모르지. 하지만 이걸 보라고!"

조로리는 짐 속에서 설계도 한 장을 꺼냈습니다.

설계도를 본 부우웅 박사는

"오, 제법이군. 대단해! 하지만

이 기계 한 대로는 별 도움이 안 될 걸세.

아! 잠깐만 있어 보게!"

부우웅 박사가 컴퓨터에 여러 데이터를 넣고는

뭔가를 계산했습니다.

컴퓨터 계산 결과

거대한 운석을 방귀로 날리기 위해서는 과연 어느 정도의 힘이 필요할까?

☆ 강력 방귀를 뀔 수 있는 방귀 달인이 적어도 일곱 명 정도 모일 것.

☆ 그 방귀 달인들에게 부우웅 박사의 고구마를 잔뜩 먹일 것.

☆ 그림과 같이 조로리 방귀 배양기 106대를 모은 뒤 방귀 달인들에게 강력 방귀를 뀌게 할 것.

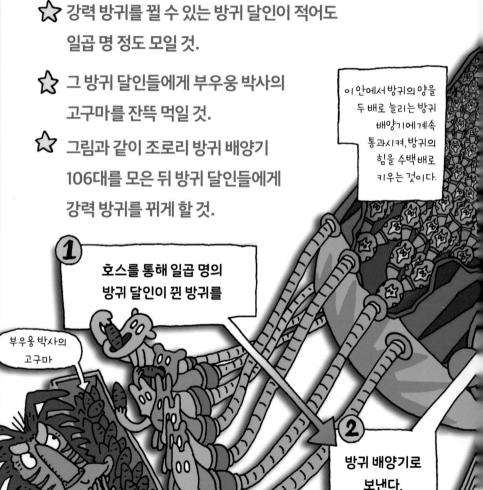

이 안에서 방귀의 양을 두 배로 늘리는 방귀 배양기에 계속 통과시켜, 방귀의 힘을 수백 배로 키우는 것이다.

① 호스를 통해 일곱 명의 방귀 달인이 뀐 방귀를

부우웅 박사의 고구마

여기에 엉덩이를 넣고 방귀를 뀐다.

② 방귀 배양기로 보낸다. 그런 다음 106대의 배양기에 넣어

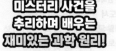

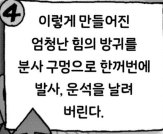

④ 이렇게 만들어진 엄청난 힘의 방귀를 분사 구멍으로 한꺼번에 발사, 운석을 날려 버린다.

뿌─앙

③ 방귀가 수백 배가 되도록 계속 부풀린다.

이 장치로 운석을 날릴 수 있는 확률

98퍼센트!

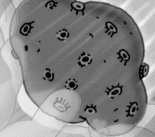

봐라! 지구를 구할 수 있는 확률이 거의 100퍼센트에 가깝다. 이 정도면 해 볼 만하지 않겠나?

그래유. 조로리 사부님, 그런 운석쯤은 우리 방귀로 얼마든지 날려 버릴 수 있다구유.

"먼저 방귀 달인 일곱 명이 필요하군.
일단 우리 셋이 있으니까
네 명만 더 있으면 되겠어."
조로리의 말에 부우웅 박사가 대꾸했다.
"흐음, 나도 고구마 연구를 한 덕분에
한 방귀 하지. 껄껄껄. 그럼 이제
세 명만 구하면 되겠군!"

"좋았어, 그럼 빨리 찾으러 가자!"

그런데 밖으로 뛰어나가는 조로리를

부우웅 박사가 급히 말렸습니다.

"역시 무리인 듯싶네.

이 계획은 그만 포기하지."

"왜, 왜유?"

이시시가 묻자

활약이 필요할
때는 쾌걸
조로리로 변신!

"이 방귀 배양기 106대를
언제 다 만들 건가?"
부우웅 박사가 손에 든 설계도를
흔들었습니다.
"앗, 그걸 잊고 있었군!"
그렇습니다. 아무리 넷이 애를 쓴다고 해도

내일 아침까지 방귀 달인들을 모으고

그 많은 기계까지 만들려면

시간이 많이 모자랍니다.

모두 기운이 빠져

어깨가 축 늘어졌습니다.

그런데 어디선가 미지근한,

예감이 좋지 않은 바람이

불어오는가 싶더니

순식간에 수많은
귀신과 요괴가
나타나 넷을
에워쌌습니다.

아악~

우리가 남들보다
한 발 먼저
종말의 순간을
맞이하나 보군!
후덜덜덜, 후덜덜덜…….

부우웅 박사는 쪼그려 앉아 덜덜 떨었습니다.

반면 조로리는 조심조심 주위를 살폈습니다.

그런데 잘 보니……

지금까지
조로리에게
여러 차례
도움을 받은
요괴학교
학생들이
잔뜩 와 있지
뭡니까?

너희는 무슨 일이
일어나든 계속 귀신으로
살아갈 수 있잖아.
지구가 멸망해도
상관없는 거 아냐?

조로리
선생님이라면
지구를 구할 거라
믿기에 이렇게
모두 달려왔습니다.

으응?
아는
친구들
인가?

요괴
학교
선생님
아녀?

28

그런 말씀 마세요.
지구가 멸망해서
아무도 없으면 우린
누구를 겁줍니까?
그럼 우리가 사는
보람이 없어지는
거라고요.

듣고 보니
그렇군!
그건 그렇다 치고,
정말 많이도
데려왔네.

조로리는
문득
번쩍하고
좋은 생각이
떠올랐습니다.

넌?

오랜만!

"박사, 이렇게 많은 일꾼이 있으니 106대의

방귀 배양기는 금방 만들 수 있겠는데?"

"으흠. 내가 남아서 만드는 방법을 알려 주어야겠구만.

이 정도라면 될 것도 같네."

"우리는 어디 가서
방귀 달인 세 명만 찾아서
데려오면 되는 거지유?"
이시시의 말에 박사가 설명했습니다.
"하지만 내일 점심때까지는
반드시 데리고 와야 하네.
그렇지 않으면 이 계획은
물거품으로 끝나고 만다네.
지금은 일 분 일 초라도 아껴야 해."
조로리 일행은 방귀 달인들을
어디에서 찾아야 할지 막막했습니다.
망설이고 있던 찰나
"저기……."

요괴 중에서 오리 부리 소녀가

나와 말했습니다.

"제 친구 중에 엄청난 방귀쟁이가 있는데요."

"정말? 어디, 어디야? 어디 있니?"

"지금 여기에는 없냐?"

"요괴로서 자신감을 잃어서인지 지금은

연못 근처에 혼자 있어요."

"아, 프레디?

걘 안 돼. 뭘 해도 실수투성이잖아!"

"의욕도 없다고!"

"그 녀석은 아무것도 할 수 없어!"

모여 있던 요괴들이

웅성거렸습니다.

"하지만 그 녀석,

방귀 하나는 진짜 끝내주긴 해!"

조로리는 사실 확인을 위해

요괴학교 선생님과 함께 즉시

연못에 가 보기로 했습니다.

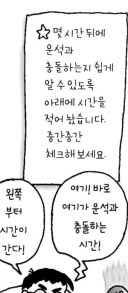

☆ 몇 시간 뒤에
운석과
충돌하는지 쉽게
알 수 있도록
아래에 시간을
적어 놨습니다.
중간중간
체크해 보세요.

왼쪽
부터
시간이
간다!

여기! 바로
여기가 운석과
충돌하는
시간!

하라 유타카

한밤중

12시충돌

| 3시 | 4시 | 5시 | 6시 | 7시 | 8시 | 9시 | 10시 | 11시 | 12시 | 1시 | 2시 | 3시 | 4시 | 5시 | 6시 | 7시 | 8시 | 9시 | 10시 | 11시 |

연못 옆에 있는 높은 나무 위에는

오리 부리 요괴 한 마리가 멍하니

앉아 있었습니다.

"야! 네가 프레디냐?"

"으으……."

성의 없는 대답이 돌아왔습니다.

"이 몸은 조로리 님이시다.

너의 도움을 꼭 받고 싶다."

"아무도 날 무서워하지 않는다고!

난 무능한 요괴야. 이런 내게

부탁을 하다니 말도 안 돼.

혼자 있고 싶으니까 나 좀 내버려 둬!"

프레디는 무릎을 껴안고 웅크렸습니다.

"너 방귀 하나는 끝내준다며? 소문 듣고 왔다."

조로리가 그 말을 하자마자

"앗!"

프레디는 머리를 감싸 쥐다가 그만

나무에서 떨어지고 말았습니다.

"방귀 이야기는
하지도 마!
난 긴장하면
엄청난 방귀가
나온단 말이야."
프레디는 지금껏 자신이
되풀이해 온 실수를
떠올렸습니다.

36

실수담 2

좋았어, 저 녀석을 놀래 줘야겠다.

터벅 터벅

두근 두근 두근 두근 두근 두근

터벅 터벅

기, 긴장해서 방귀가 나왔어.

뿌우우아!

어? 지금 뭔가 날아 갔는데…?

"아아! 나도
방귀만 안 나왔더라면
훌륭히 요괴 역할을
해냈을 텐데."
프레디는 눈을 내리깔며
슬픈 표정을 지었습니다.
그러자

한밤중

4시 5시 6시 7시 8시 9시 10시 11시 12시 1시 2시 3시 4시 5시 6시 7시 8시 9시 10시 11시 12시 종들

조로리가 눈을 반짝이며 말했습니다.

"그거야, 그거.

바로 그 힘을 빌리고 싶다 이거다!"

그러고는 프레디의 어깨를

가볍게 두드렸습니다.

"안 돼. 이걸 봐!"

프레디는 가슴팍 주머니에서

신문 한 조각을 꺼내 내밀었습니다.

바다에 가라앉은 바이파닉 호를 방귀로 끌어올린 사나이!

레오나르도 브리오

초호화 여객선 바이파닉 호가 암초에 걸려 바다에 가라앉으려던 그 순간, 배에 타고 있던 곰, 레오나르도 브리오(28세)가 자신의 주특기인 방귀를 뀌었다. 그러자 그 방귀의 힘을 받은 배는 마치 제트엔진을 단 로켓처럼 힘차게 바다 위로 떠오를 수 있었다. 그 순간을 떠올리며 지금도 승객들은 모두 입을 모아 자신들의 생명을 구한 것은 바로…

이 녀석에 비하면 나는 아무런 쓸모도 없어. 어때? 상대가 안 되겠지? 부탁하려거든 이 녀석한테 부탁해 봐. 내가 집을 알고 있으니까 안내는 해 줄게.

프레디는
길을 안내하는
동안
브리오의
엄청난
방귀에 대해
들려주었습니다.

여객선 바이파닉 호가
암초에 부딪쳐
바다에 가라앉기
시작했다.

큰일 났다!

살려 줘!

쿠궁!   쿠궁!

쿠궁!

배 뒤쪽에는
브리오가
로즈와
함께 타고
있었다.

꼬로로   꼬로로   뽀글   뽀글

"브리오는 그 여자와 결혼했다는 말을
들었어. 아, 저기 보이는 둘 같은데?"
프레디가 손가락으로 가리킨 곳에는
젊은 연인이 아름다운 저녁노을을
바라보며 앉아 있었습니다.
둘은 작은 정원에 탁자를 놓고 앉아
음료를 마시고 있었습니다.

"저기……."

조로리가 행복해 보이는 둘에게 다가가

미안해하면서 말을 걸었습니다.

둘은 눈물이 가득 고인
눈으로 돌아봤습니다.
"우리의 마지막 밤을
방해하지 말아 줘!"
브리오가 냉정하게 말했습니다.
"우린 지구의 마지막 날을 단둘이서
조용히 보내고 싶다고."

그러자 로즈가 브리오의 가슴에 얼굴을 묻고

울기 시작했습니다.

"아아, 우리는 지금 너무 불행해!"

브리오는 조로리를 향해 말했습니다.

"바이파닉 호에서 알게 된 우리는
오늘 결혼식을 올렸어. 그래서 내일
신혼여행을 떠날 참이었는데
갑자기 지구의 종말이 찾아오다니……."
브리오는 로즈를 바라보았습니다.

"앞으로 둘이서 행복한 가정을

꾸리려고 했는데.

아아, 운석이 너무나 원망스러워."

로즈는 굵은 눈물방울을 뚝뚝 흘렸습니다.

"아무리 내 방귀가 강력해도 이번만큼은

로즈를 구할 수 없을 거야. 흐아아."

브리오가 한숨을 크게 내쉬자

조로리가 잽싸게 말했습니다.

"아니야, 너는 로즈를 구할 수 있어.

바로 그 초강력 방귀로!"

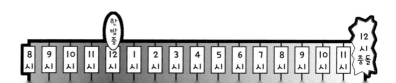

뭐,
어떻게?

관심을 보이는 브리오에게
조로리는 모든 계획을
자세히 들려주었습니다.
"듣고 보니 말 되네. 그러니까
운석을 우주로 날려
버리겠다는 거지? 알았어.
나의 강력한 방귀의 힘을 보여 주지!

로즈와 꼭
신혼여행을
가고 말겠어!"
"브리오, 파이팅!"
브리오와 로즈가
서로 꼭 껴안은
바로 그때였습니다.

프레디가
갑자기 울기
시작했습니다.

"아아, 브리오는
강력한 방귀 덕에
멋진 여자와 결혼도 했는데
난 왜 이 모양일까!"
프레디는 또다시
방귀 때문에 했던 실수를
떠올렸습니다.

"같은 방귀인데 난 여자친구랑 헤어졌어.

어차피 나는 구제불능 요괴야.

무슨 일을 해도 실수투성이에

아무런 도움이 안 돼. 이만 안녕."

힘없이 돌아서는 프레디를 조로리가

급하게 붙잡았습니다.

"기다려. 너도 다른 사람들과는 차원이 다른
초강력 방귀를 가지고 있잖아.
우리는 지금 너의 그 강력한 방귀가
필요하단 말이다. 나와 함께 가자!"
하지만 프레디는 전혀 말을 듣지 않았습니다.
프레디가 자신을 붙잡은 조로리를 뿌리치고
돌아서려던 그때였습니다.
어둠이 내린 근처 언덕에
작은 비행기가 착륙했습니다.

그러고는 누군가가
비행기에서 내리더니
이쪽을 향해 달려왔습니다.
그 얼굴을 보고 조로리는
깜짝 놀랐습니다.

"다, 단쿠가 여긴 어쩐 일이야?"

단쿠는 보스케 왕국의 스키 점프 선수입니다.

올림픽에서 조로리 덕분에

금메달도 땄습니다.

아! 그러고 보니 단쿠도 초강력 방귀로

점프 거리를 늘렸지요?

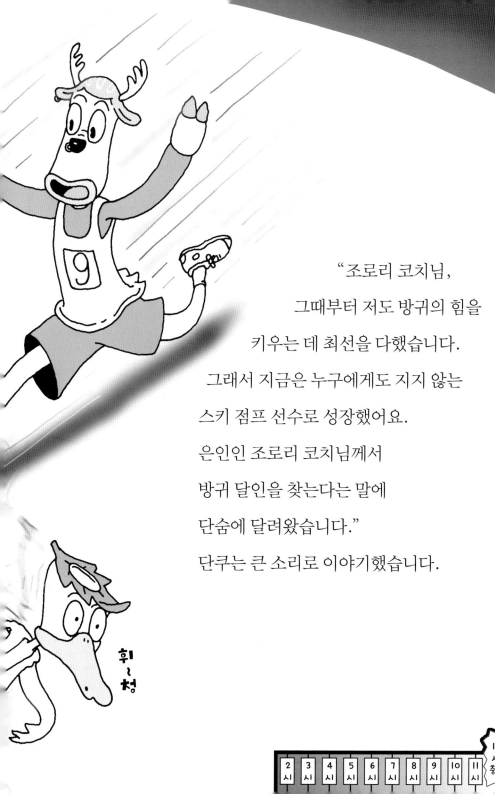

"조로리 코치님,
그때부터 저도 방귀의 힘을
키우는 데 최선을 다했습니다.
그래서 지금은 누구에게도 지지 않는
스키 점프 선수로 성장했어요.
은인인 조로리 코치님께서
방귀 달인을 찾는다는 말에
단숨에 달려왔습니다."
단쿠는 큰 소리로 이야기했습니다.

휘~청

"어떻게 이 몸이 여기 있다는 걸 알았나?"

"네? 무슨 말씀이세요? 조로리 코치님께서

저에게 사람을 보냈잖습니까?"

단쿠는 깜짝 놀라면서

"저 사람이 비행기를 몰고 와

알려 주었는데요.

그래서 저는 서둘러 저 비행기를

타고 온 거고요."

모두 뒤돌아 언덕 쪽을 바라보았습니다.

그런데 그 비행기는

부우웅!
하늘 높이 올라가
순식간에 어둠 속으로
사라지고 말았습니다.
"저 비행기…… 왠지
낯설지가 않은데……."

조로리 엄마의 한마디
장난천재 쾌걸 조로리
《수수께끼의 비행기》편을
읽어 보세요. 조로리의 아빠가
조종사였다는 것을 알 수 있어요.
조로리는 아마 그걸 떠올린 것 같군요.

멍하니 하늘을 바라보는 조로리에게
이시시가 말했습니다.

"조로리 사부님, 시간이 얼마 없어유.
방귀 달인을 얼른 한 명 더 찾아야 해유."

"아, 그렇지. 이럴 때가 아니지.
……그런데 어디 가서 찾아야 하지?"

조로리는 한동안 잠자코 서 있었습니다.

| 3시 | 4시 | 5시 | 6시 | 7시 | 8시 | 9시 | 10시 | 11시 | 12시 충돌 |

“네? 아직 한 명이 모자랍니까?”

단쿠의 말에 조로리가 손가락으로

프레디를 가리키며 말했습니다.

“이 친구도 강력 방귀를 가지고 있는데

협조를 안 하겠대.”

그러자 프레디가 중얼거렸습니다.

“아아. 나보고 지구를 지키라니 말도 안 돼.

다 쓸데없는 소리야.”

그 말을 들은 단쿠는 얼굴이 벌게져서는

프레디를 가로막으며 말했습니다.

그 무렵
부우웅 박사는
방귀 배양기를
다 만들어 놓고
발사 방향을
맞추고
있었습니다.

부우웅 연구소

"조금만 위로. 그래! 거기, 거기야.
좋았어. 이곳에서 초강력
방귀를 날리면 운석은 반드시
우주로 다시 날아갈 거다.

그런데 조로리가 너무
늦는 거 아냐?"
박사는 걱정스러운 눈빛으로
시계를 들여다보았습니다.
"고구마를 먹을 시간도 필요한데."
"방귀 달인들을 다 데리고
올 수 있을까?"
모두 불안해하며 조로리 일행을
기다리던 바로 그때!

태양이 떠오를 쯤에 조로리 일행이

돌아왔습니다.

"걱정하지 마시라! 이 몸이

방귀 달인 세 명을 데리고 왔다!"

조로리가 당당하게 말했습니다.

"앗, 프레디도 왔네!"

요괴들은 프레디에게 다가가

응원의 말을 한마디씩 했습니다.

그러자 프레디가 갑자기 귀를 막고

주저앉아 소리를 질렀습니다.

"역시 난
못 하겠어!"
"왜, 왜, 어째서?"
프레디의 말에
다들 당황스러워
했습니다.

이렇게
요괴 친구들이
지켜본다는 말은
못 들었어.
만약에
실패하면
난 또 바보
취급을
당할 거라고.
역시
못 하겠어.

프레디는
다시 무릎을
껴안고
웅크려
앉았습니다.
"최선을 다하면
모두 인정해
줄 거야."
단쿠의 말도
소용없었습니다.

너희는 상관없잖아.
만약 실패하면
너희는 죽을 테니까.
하지만 난 달라.
요괴들은 다 살아남아
실패한 나를 더욱
바보 취급할 거야.

프레디는 고개를
떨구고는 조금도
움직이려 하지
않았습니다.
"거참, 큰일이네.
빨리 준비해야 돼.
시간이 없다고."
조로리는 정말로
어쩔 줄 몰랐습니다.

내가
할게.

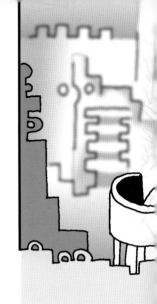

이때 요괴학교 선생님이 나섰습니다.
"나는 평범한 방귀밖에 뀔 수 없지만
아무도 안 하는 것보다는 낫겠지.
고구마를 배불리 먹고 조금이라도
기운 센 방귀가 나오도록
노력하겠습니다!"

박사는
재빨리
컴퓨터로
다시
계산을
했습니다.

"그래도 0퍼센트는 아니잖아.

좋았어! 최선을 다 해 보자고.

안 되면 어쩔 수 없지.

모두 마지막까지 포기하지 마!"

조로리가 큰 소리로

말했습니다.

"잘될

확률은 고작

0.1퍼센트로군."

귀신들은 방귀 달인들이 강력한 방귀를 뀌어 주길 바라며 많은 양의 고구마 요리를 만들었습니다.

방귀 담당 일곱 명은 맛있는 고구마 요리에 감격하며 쉴 새 없이 고구마를 먹어 치웠습니다.

모두가 맛있게 먹는 동안에도

그저 조용히 앉아만 있는 프레디 앞에

오리 부리 요괴 소녀가 다가갔습니다.

"자, 너도 이거 먹어!"

소녀는 프레디에게 따뜻한 고구마 요리를

내밀었습니다.

"넌 내가 방귀 뀐다고 싫어했잖아.
그러니까 상관 말란 말이야!"
프레디의 말에 요괴 소녀는
"아니야. 방귀 따윈 아무래도 좋아.
난 그저 주눅 든 너의 분명치 못한
태도가 싫었을 뿐이야.
혼자서는 아무것도 결정 못 하고
늘 머뭇거리기만 하고……

다들 0.1퍼센트의 가능성에도

애쓰고 있는데 넌 도대체 뭘 하는 거야?

내가 만든 이걸 먹고 방귀를 뀌라고!

너의 그 강력한 방귀를……

열심히 하는 모습을 내게 보여줘.

사실 난 널 좋아했단 말이야. 으앙.”

요괴 소녀는 냄비를 프레디 앞에 내려놓고는

울면서 뛰어갔습니다.

"자, 어떻게 할 거야? 프레디."

조로리가 살짝 어깨에 손을 얹자

프레디는 요괴 소녀가 요리한 고구마를

허겁지겁 먹기 시작했습니다.

"자, 이제 다 모였다. 모두 힘을 합쳐

운석을 우주로 멋지게 날려 보내자!"

"파이팅!"

모두의 마음이 하나가 되었습니다.

박사가 방귀 배양기의 각도를 점검하자
요괴들이 숫자를 거꾸로 세며
초 읽기를 시작했습니다.

일곱 명의

방귀 달인은

바지를 내리고

준비를 했습니다.

일곱 명은 최고의 방귀를 뀌기 위해 저마다 준비했습니다.

이시시와 노시시는 엉덩이에 힘을 주기 위해 배양기 기둥에 줄을 묶어 이로 꽉 물었다.

조로리는 마지막까지 고구마를 먹었다.

모두가
엉덩이에
잔뜩 힘을
주던
바로 그때

단쿠는
스포츠
선수답게
명상으로
집중력을
높였다.

프레디는 요괴
소녀를 위해
최고의 방귀를
뀌겠다며
무지 긴장하고
말았다.

브리오는
로즈한테
힘내라는
말을
들었다.

부우웅
박사는
전자계산기로
성공 확률을
다시 계산해
보았다.

81

이게 웬일입니까? 방귀 배양기를 받치던

기둥 하나가 부러졌습니다.

이시시와 노시시가 이를 악물기 위해

끈을 묶은 기둥이었습니다.

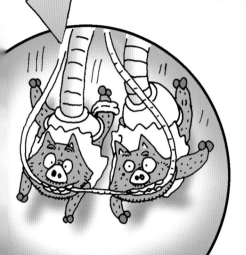

방귀 배양기의 기둥이 부러지자
운석 쪽에 맞추었던 발사 구멍이
하늘 한복판을 겨눴습니다.
그러는 동안에도 일곱 명의 방귀 달인은
방귀를 멈추지 않았습니다.

발사!

일곱 명이 뀐 방귀는

기계를 통과하면서

엄청나게 강력해지더니

무서울 만큼

뿡 뿡 뿡 뿡 뿡

뿡 뿡 뿡 뿡 뿡

발사되었습니다.

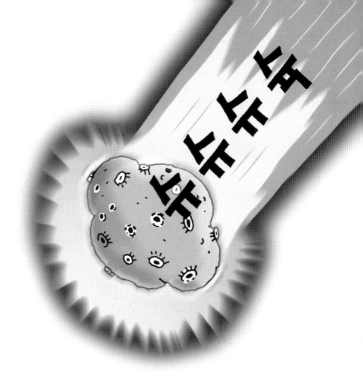

그러나 발사 구멍은

전혀 엉뚱한 곳을 향했습니다.

계획은 완전히 실패한 거지요.

여러분, 안녕히…….

결국 지구 최후의 날이 오고야 말았습니다.

조로리 이야기도 이번 편이

마지막이 되겠……

응?
잠깐만요!

이게
웬일입니까?

덕분에 거대한 운석은 지구를
스치듯 지나 멀어져 갔습니다.

봐! 너도
하면 된다는 걸
알았지?
더 이상
피하지 마.

저마다 감동의 순간을
나누고 있을 때
요괴학교 선생님이
더는 못 참겠다는 듯
외쳤습니다.

나도 조로리
선생님께
은혜를 갚았어!

단쿠,
와 줘서
정말
고맙구먼.

여러분!

아직 다른 사람들은 지구가

위험에서 벗어났다는 사실을 모릅니다.

거리는 여전히 쥐 죽은 듯 조용했어요.

방귀 대작전을 마친 일곱 명의 방귀 달인은

행복한 표정으로 작별 인사를 하고

저마다 원래의 생활로 돌아갔습니다.

한낮이
되었는데도
아무 일도
일어나지 않자
사람들이
하나둘
집 밖으로
나왔습니다.

하라 선생님의 축하 인사말

한국 어린이 여러분, 안녕하세요.

《장난천재 쾌걸 조로리 시리즈》작가 하라 유타카입니다.

저는 어린이들이 계속 보고 싶어 하는

재미있는 책을 만들고 싶어서《장난천재 쾌걸 조로리》를

쓰기 시작했습니다.

일본에서는 책읽기를 싫어하던 어린이들도 이 책을 읽은 후부터

다른 책도 읽게 되었다고 합니다.

한국 어린이들도 꼭 재미있게 읽어 주면 좋겠습니다. 잘 부탁해요.

글쓴이 소개

하라 유타카 (原ゆたか)

1953년 구마모토 현에서 태어났다.

1974년 KFS콘테스트 고단샤 아동도서부문상 수상.

주요 작품으로는 《자그마한 숲》,《마탄은 마사오군》,《장갑 로켓의 우주 탐험》,《나의 보물
나막신》,《푸우의 심부름》,《내 것도 아빠 것처럼 되는 걸까?》,《시금치맨》시리즈 등이 있다.

옮긴이 소개

오용택 (吳龍澤)

일본대학교 예술학부 방송학과를 졸업하고 중앙대학교 신문방송대학원을 졸업했다.

중앙대학교 외국어아카데미에서 일본어를 강의했다.

그 외 카피라이터로 활동 중이며 아이들을 위한 좋은 책을 기획, 번역하고 있다. 옮긴 책으로는
《건강한 삶, 건강한 기업》등이 있다.

종이 애니메이션
변신 조로리
쉽게 만들고 재미있게 즐기는 방법은 뒷면지에 있습니다.

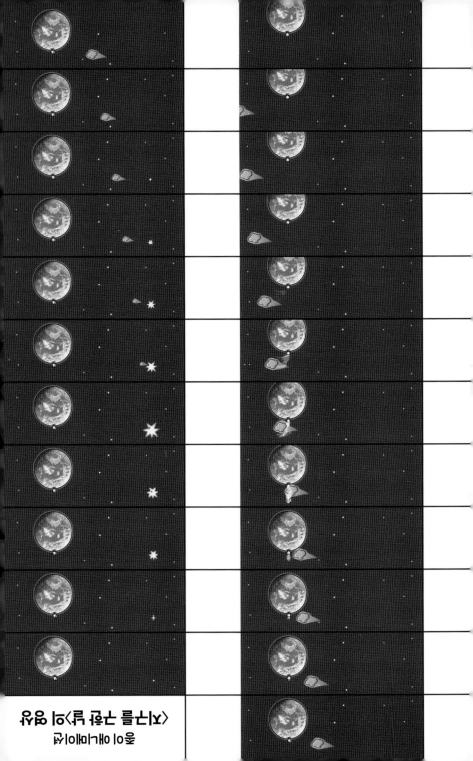

〈기구를 타고 날아〉 이 영상

풍이 애니메이션

글·그림 하라 유타카
옮김 오용택

개정판 1쇄 인쇄 2024년 12월 1일
개정판 1쇄 발행 2024년 12월 11일

펴낸이 김영곤 **펴낸곳** (주)북이십일 을파소
기획편집 이장건 김의헌 박예진 박고은 서문혜진 김혜지 이지현
아동마케팅 장철용 양슬기 명인수 손용우 최윤아 송혜수 이주은
영업 변유경 김영남 강경남 황성진 김도연 권채영 전연우 최유성
해외기획 최연순 소은선 홍희정
디자인 이찬형 **제작** 이영민 권경민

출판등록 2000년 5월 6일 제406-2003-061호
주소 (우 10881) 경기도 파주시 회동길 201(문발동)
연락처 031-955-2100(대표) 031-955-2109(기획편집)
팩스 031-955-2122 **홈페이지** www.book21.com

ISBN 979-11-7117-746-2 74830
ISBN 979-11-7117-605-2 (세트)

다양한 SNS 채널에서 아울북과 을파소의 더 많은 이야기를 만나세요.

인스타그램
@owlbook21
페이스북
@owlbook21
네이버카페
owlbook21
네이버포스트
아울북 and 을파소

• 제조자명 : (주)북이십일
• 주소 및 전화번호 : 경기도 파주시 회동길 201(문발동) / 031-955-2100
• 제조연월 : 2024.12.
• 제조국명 : 대한민국
• 사용연령 : 8세 이상 어린이 제품

かいけつゾロリちきゅうさいごの日
Kaiketsu ZORORI Chikyu Saigo no Hi
Text & Illustraions©1999 Yutaka Hara
All rights reserved.
Original Japanese edition published in Japan in 1999 by Poplar Publishing Co., Ltd.
Korean translation rights arranged with Poplar Publishing Co., Ltd.
Korean translation copyright©2024 by Book21 Publishing Group

방귀 달인들은 지금 뭘 하고 있을까?

부우웅 박사

- 보통 방귀보다 8배나 세게 나오게 하는 고구마를 개량, 방귀의 세기를 9.5배로 더욱 끌어올렸다. 앞으로 목표는 방귀 세기를 12배까지 높이는 것. 이걸 잘 이용하면 미래에는 원자력을 대신할 에너지가 될지도 모른다. 관심 있게 지켜보자.

부우웅 박사가 새로 만든 채소

블록콜리

밤과 브로콜리를 교배시켰다.

배가지

배와 가지를 교배시켰다.

레오나르도 브리오

- 로즈와 오붓하게 신혼여행을 떠났다. 물론 이번에는 비행기를 타고 간 듯.

그럴싸한 정보

브리오는 강력 방귀로 위기를 극복, 방귀 대가로 인정받아 주변에서는 그를 '방귀 거장 브리오'라고 부른다.